UNE ENNEMIE POUR LUCIE

Vous aimez les livres de la série

Ballerine

**Écrivez-nous pour nous faire partager
votre enthousiasme :**

Pocket Jeunesse - 12, avenue d'Italie - 75013 Paris

Ballerine

Une ennemie pour Lucie

Antonia BARBER

Traduit de l'anglais par
Jackie Valabrègue

POCKET
jeunesse

Titre original :
Friends and Rivals

Publié pour la première fois en 1998
par Puffin Books Ltd.

ISBN 2-266-11494-8

Tutus et pointes te font rêver ?
Comme Lucie et ses amies,
enfile justaucorps et chaussons,
pour faire tes premiers pas de danse.
Deviens une…

1

Un nouveau venu

$\mathcal{L}$ucie attendait Emma au coin de la rue. Le vent était glacial, et elle avait le nez tout rouge. Elle frissonna et s'emmitoufla dans son manteau. La neige, si blanche la semaine dernière, était devenue grise avec la saleté de la ville. Elle commençait à fondre et formait des petites flaques de boue sur le trottoir.

Lucie avait les pieds gelés. Elle aurait bien couru jusqu'au vestiaire du cours de danse ! Oui, mais elle avait promis à Emma de la retrouver à la sortie de l'école ! Elles préféraient arriver ensemble pour la première leçon dans leur nouvelle classe. Ça n'allait pas être facile…

En se garant près du trottoir, la voiture de Mme Browne éclaboussa les pieds de Lucie. Puis la portière s'ouvrit et Emma, rouge de confusion, bondit dehors.

— Je suis désolée, Lucie, je ne retrouvais pas mon sac de danse. On est très en retard ?

Lucie s'avança vers la mère d'Emma, mais la voiture repartait déjà.

— Non, ça va, dit-elle à son amie. On ferait bien de se dépêcher.

— Tu crois qu'elles vont nous embêter ? demanda Emma tandis qu'elles couraient.

— Il y a des chances, soupira Lucie. Tu connais Angela !

En effet, Emma la connaissait bien ! Angela était la fille la plus populaire de son école. Si on n'appartenait pas à sa bande, on était une moins que rien. Or, Angela tenait Emma à l'écart. Même Lucie n'imaginait pas à quel point Emma se sentait seule. Toutes deux auraient bien aimé être dans la même école. Hélas, les Browne avaient choisi un établissement privé, tandis que la maman de Lucie l'avait mise dans une école publique.

— J'aurais préféré qu'on reste dans la classe de Mlle Ashton, murmura Emma, pensive.

— Oui, c'était plus drôle ! acquiesça Lucie.

Elles avaient adoré le premier trimestre passé dans le groupe des débutantes, surtout quand elles avaient joué une pantomime au Théâtre municipal.

— Mais si on veut vraiment devenir danseuses, on doit progresser, conclut Lucie. Et travailler dur pour rattraper Angela et les autres.

Emma poussa un soupir.

Elles gravirent en courant l'escalier désert du cours de danse. Dans le couloir, elles se laissèrent guider par des éclats de voix provenant des vestiaires. Une fois devant la porte, elles marquèrent une pause pour se donner du courage. Et ce fut à cet instant que Lucie eut l'impression qu'il se passait quelque chose de bizarre.

— Attends, dit-elle en retenant Emma par la manche. Écoute…

Le brouhaha habituel des plus jeunes en train d'enfiler leur collant ou de se coiffer n'était plus le même. Il y avait des rires, des gloussements, des cris d'excitation.

— Allons voir, déclara Lucie en poussant la porte avec détermination.

Dans le vestiaire, tous les yeux étaient braqués sur le fond de la pièce.

— Oh… ! s'exclama Lucie.

— Oh… ! laissa échapper Emma.

Dans un coin, le dos tourné, levant les bras pour ôter son polo, se tenait un GARÇON… ! Bien sûr, Lucie et Emma savaient qu'il y avait des hommes dans les corps de ballet. Elles savaient aussi que, en général, ils avaient commencé à danser très jeunes. Sauf que jamais elles n'avaient vu un seul garçon dans leur cours ! Et, surtout, ceux qu'elles connaissaient jouaient au football. Ils n'étaient pas du genre à marcher sur la pointe des pieds ou à faire des pliés. Ils auraient eu trop peur de passer pour des poules mouillées…

Quand le garçon se retourna, elles virent qu'il n'avait pourtant rien d'une poule mouillée. Il était grand, mince, avec des yeux rieurs et des cheveux noirs et bouclés.

Lucie et Emma le dévisagèrent bouche bée !

Mais, tête haute, il passa tranquillement devant les filles, et les ignora. En arrivant devant la porte, il croisa le regard de Lucie, releva un sourcil et lui adressa un sourire amusé. Avant qu'elle ait eu le temps de le lui rendre, il était

déjà loin ! Angela et ses amies le sui-
virent en se bousculant.

— Vite ! On va être en retard ! souffla
Lucie. Pas question de laisser cette chi-
pie d'Angela embobiner le garçon !

Quand elles arrivèrent au studio, les
filles prenaient déjà des poses élégantes,
tandis que le garçon bavardait avec le
pianiste.

Mme Dennison entra à son tour, et le
cours commença. Elle plaça les trois
nouveaux élèves dans le fond, ce qui
permit à Lucie de sourire au garçon.
Elle se demanda s'il allait lui adresser
la parole. Hélas, à la fin de la séance,
Mme Dennison le retint pour lui dire que
Pénélope Maple désirait le voir. Dans
les vestiaires, il fut l'unique sujet de
conversation.

— Plus besoin de s'inquiéter ! s'écria Emma, lorsqu'elles rentrèrent à la maison. Angela et ses amies ne se sont pas moquées de nous !

Lucie se mit à rire :

— Elles n'ont même pas remarqué notre présence ! Ce garçon va nous être très utile !

— Il est mignon, n'est-ce pas ? glissa Emma.

— Il est plus que mignon ! rectifia Lucie. Il est… Il est…

Elle ne parvint pas à trouver le mot juste, et déclara finalement :

— Il n'est pas comme les autres, voilà !

2

Un garçon pas comme les autres !

$\mathcal{M}$élanie Jackson donnait son avis à ses copines :

— Il a l'air cool, disait-elle, du ton de quelqu'un qui s'y connaît.

— Il a un beau visage, renchérit Liza Tompkins.

— Intelligent aussi ! ajouta Tracey Gibbs.

Lucie écoutait en silence. Elle était encore sous le choc. Elle venait juste de découvrir que le garçon était *aussi* dans *son* école !

— Je parie qu'il fait de la gym, ça se voit à la façon dont il se tient, reprit Mélanie.

— Il fait de la danse ! annonça Lucie, en retrouvant enfin sa voix.

— Tu plaisantes ?

— Rudolf Noureïev en faisait bien !

— Ce n'est pas pareil. Moi, je parle des garçons de *notre* école !

— Et moi, je te dis que celui-là est justement dans *mon* cours de danse. Il est même rudement bon !

Du coup, Lucie devint le centre d'intérêt. Et tout le monde se mit à parler à la fois.

— Est-ce qu'il porte un justaucorps ?

Il y eut des gloussements.

— Tu lui as déjà parlé?

— De quoi vous avez discuté?

Lucie n'avait aucune envie d'avouer qu'ils n'avaient pas échangé un mot.

— Bof, de tout et de rien, lança-t-elle, évasive.

À la fin de la journée, les filles regardèrent le garçon prendre son vélo garé au bord du trottoir. Comme il les suivait de près, elles haussèrent aussitôt la voix. Lucie en fut gênée. C'était elle qui habitait le plus loin, aussi ses camarades l'abandonnèrent-elles l'une après l'autre en cours de route. Lorsqu'elle fut seule, elle jeta un coup d'œil en arrière : le garçon était toujours là. Il finit par la rattraper, glissa de sa selle et l'interpella :

— Lucie, c'est bien toi?

— Oui, répondit-elle, la gorge sèche.

— Moi, c'est Jeremy…

Lucie chercha désespérément quelque chose à dire ; le vent lui souffla une idée :

— Maman me prépare toujours du chocolat chaud quand je rentre. Tu en veux ?

— Oui, super ! s'écria Jeremy.

Lucie n'avait encore jamais ramené de garçon à la maison. Jeremy attacha son vélo à la grille pendant qu'elle ouvrait la porte :

— Hello maman ! Hello *Couche-Culotte* ! lança-t-elle.

— Arrête ! protesta Charlie, indigné, en lui allongeant une tape sur le genou.

— D'accord !… Voici mon petit frère, dit-elle à Jeremy. (Lorsque Jenny Lambert les rejoignit, elle ajouta :) … Et voici maman. (Puis se tournant vers sa mère :) C'est Jeremy, il est nouveau dans mon école et il est aussi au cours de danse.

Elle aurait bien aimé n'avoir pas tant raconté de bêtises devant sa mère, au sujet du garçon, la veille au soir! Mais Jenny se contenta de sourire:

— Tu es courageux, Jeremy! Comment tu t'en sors avec toutes ces filles?

— Dans les vestiaires, c'était un peu difficile, mais Pénélope Maple m'a conseillé de me changer dans la salle des professeurs, répondit Jeremy.

— Et les garçons de l'école, ils te taquinent? interrogea Jenny.

— Ils ne sont pas encore au courant, mais quand ils l'apprendront… Ils feront comme ceux de mon ancienne école.

— Ça t'ennuyait? demanda Lucie.

Jeremy haussa les épaules.

— Carrément! déclara-t-il. Mais comme je joue bien au football, ils me laissaient tranquille.

— Tu veux devenir danseur ? reprit Lucie, en le faisant déjà entrer dans son rêve… (*Un Noureïev aux cheveux bouclés se tenant à ses côtés pour saluer devant le rideau rouge.*)

— Je ne sais pas encore. Plutôt entrer dans une école de théâtre… ma grand-mère trouve que la danse en plus, c'est mieux.

« Peut-être que je devrais faire du théâtre plutôt que de la danse », songea Lucie. Mais comme son rêve était avant tout de porter un jour un tutu vaporeux, elle se dit qu'elle avait encore le temps de convaincre Jeremy de rester !

À cet instant, la porte de l'appartement du dessus claqua. C'était Emma qui descendait l'escalier. Elle entra en coup de vent dans la cuisine, et faillit tomber à la renverse en voyant Lucie et

Jeremy, assis côte à côte, en train de siroter leur chocolat chaud.

— Oh… ! s'exclama-t-elle en devenant toute pâle.

— Salut, dit Lucie. C'est Jeremy…

— Oui… je vois, bafouilla Emma.

Elle ne semblait pas très contente. « Peut-être qu'elle est un peu jalouse », pensa Lucie.

Sa mère prépara aussitôt un chocolat pour la nouvelle invitée.

— Toi, c'est Emma, n'est-ce pas ? demanda Jeremy.

— Oui, répondit Emma dont le visage s'illumina.

— Tu vas dans la même école qu'Angela ?

— Heu… oui, balbutia Emma, à contrecœur.

— Ouaouh ! Angela est géniale, non ?

D'un seul coup, Jeremy eut l'impression que la température de la cuisine s'était refroidie ! Les filles le fusillaient des yeux, et la maman de Lucie faisait de grands signes au-dessus de leurs têtes.

— Je… je voulais seulement dire que c'est une bonne danseuse… De longues jambes… Les ballerines doivent avoir de longues jambes… Non, de *fortes* jambes ! enchaîna-t-il très vite.

Les deux filles avaient toujours les yeux fixés sur lui ; Jeremy comprit qu'il ne faisait qu'aggraver son cas. Il reposa précipitamment son bol, jeta un coup d'œil sur sa montre et s'exclama :

— Oh là ! C'est vraiment l'heure ?… Je crois que je ferais mieux de rentrer… ! Merci, madame Lambert… !

3

Une drôle d'ambiance

Lucie en voulait à Jeremy, mais elle en voulait aussi à Emma ! Ce n'était pas très juste, mais si Emma n'avait pas fait irruption dans la cuisine, Jeremy n'aurait peut-être jamais parlé d'Angela.

— Je crois qu'il aime beaucoup Angela, insista Emma.

— S'il l'aimait tant, il ne serait pas rentré avec moi ! rétorqua Lucie.

— C'est parce que Angela n'est pas dans ton école.

— Il aurait pu marcher avec une autre fille du groupe.

— Elles ne font pas de danse. Peut-être qu'il voulait justement te parler d'elle...

Lucie avait très peur que ce ne soit vrai, aussi en fut-elle encore plus irritée.

Le lendemain soir, les garçons s'entraînèrent au football, et ensuite ce fut le week-end. Le lundi suivant, Jeremy demeura invisible. Le mardi, il suivit Lucie sur son vélo, mais ne fit pas l'effort de la rattraper. Lucie feignit de ne rien voir et, ce soir-là, elle eut une sérieuse conversation avec Emma.

— Demain, il va venir au cours, lui dit-elle. Et si nous sommes méchantes avec lui et qu'Angela est gentille, il deviendra son ami.

Emma n'avait pas envie d'une amitié à trois. Si Lucie devenait l'amie de Jeremy, et la mettait à l'écart ? C'était déjà assez difficile de se faire des copines à l'école ! Qu'adviendrait-il si Jeremy lui enlevait Lucie ?

— Angela est déjà prétentieuse, continua Lucie. Alors, imagine que Jeremy devienne *son* copain ! Elle sera impossible !

— Je sais bien…

— Et puis, maman trouve que c'est idiot de se fâcher pour ce qu'il a dit…

— Bon… dans ce cas…, soupira Emma.

Elle avait un grand respect pour le bon sens de Jenny Lambert.

Le soir suivant, l'atmosphère était bizarre dans les vestiaires. Jeremy n'était pas là, et les petites filles se lamentaient.

— Ça va, ça va, les rassura Lucie. Il se change dans la salle des professeurs pour ne pas vous voir en petites culottes !

— Comment tu le sais ? demanda l'une des filles du clan d'Angela.

— Parce qu'il me l'a dit l'autre soir en me raccompagnant à la maison ! se rengorgea Lucie. Vous ne le saviez pas ? Il est dans mon école !

Et elle quitta les vestiaires avec Emma, auréolée de gloire !

Jeremy se trouvait déjà dans le studio.

— Salut ! lança gaiement Lucie. On ne t'a pas vu de toute la semaine.

Il parut content de les retrouver.

— Je me suis beaucoup entraîné au foot, répondit-il.

— Tu aimes le foot ? demanda Emma.

— Oui, c'est super ! Je ferais peut-être mieux de devenir footballeur au lieu d'entrer dans une école de théâtre ! lança-t-il, avec malice.

Emma le regarda timidement.

— Et moi… de devenir professeur, avoua-t-elle.

Mais comme Lucie la fusillait du regard, elle ajouta très vite :

— Bien sûr, j'aimerais mieux être ballerine, mais je suis moins bonne que toi, Lucie.

— Dans ce cas, tu pourrais donner des cours de danse, avança Jeremy.

Emma lui adressa un sourire reconnaissant.

Mme Dennison entra avec les autres filles, et la classe tout entière lui fit une gracieuse révérence, à l'exception de Jeremy qui s'inclina élégamment.

Lucie avait très envie de le regarder : elle se posta derrière lui à la barre. Mais Mme Dennison les changea de place, ce serait lui qui la verrait ! Aussi, elle s'appliqua particulièrement, et Mme Dennison la félicita :

— C'est parfait, Lucie.

Lucie se trouvait derrière Angela ; elle fut bien obligée de reconnaître que cette jolie fille était très douée. Elle avait de longues jambes, et semblait être née pour danser. Ses bras s'arrondissaient gracieusement, elle ne laissait jamais pointer ses coudes, sa tête bien droite avait une jolie position sur son cou gracile. Lucie l'aima d'autant moins ! Angela était beaucoup trop sûre d'elle.

Lucie se promit de tenir Jeremy à l'écart de ses sales manigances. En plus, elle était certaine qu'Angela ne voulait pas s'en faire un ami !

« Non, elle veut juste se pavaner avec lui ! » pensa-t-elle.

— Rentre tes fesses, Lucie ! lança soudain Mme Dennison. Pense à ce que tu fais, quand tu danses !

Lucie se sentit misérable, c'était la faute d'Angela !

À la fin du cours, comme elles se dépêchaient de se rhabiller, Lucie se demanda si Jeremy la suivrait à la maison. Elle était sûre que oui... Hélas, une pluie glaciale les attendait dehors, et Mme Browne était venue les chercher en voiture !

4

Merci, Angela !

Le samedi suivant, le vent était tombé, le soleil brillait. La rue du marché était animée, pleine de couleurs, on aurait dit le printemps ! Derrière leurs étals, les commerçants souriaient à leurs clients. Emma accompagnait Lucie et sa mère. Les filles tenaient la poussette de Charlie.

Mme Dillon, la vieille dame qui habitait au dernier étage de la maison, était là aussi. Depuis que Jenny Lambert lui avait fait connaître une solderie, elle avait peu à peu changé sa garde-robe. Chaque semaine, ses vêtements devenaient un peu plus gais. Lucie et Emma étaient très fières d'elle.

À présent, elles fouillaient ensemble dans un bac plein d'écharpes de soie ; Mme Dillon admirait deux ravissantes étoles qu'une élégante cliente tenait dans ses longs doigts fins. La dame se mit à rire et se tourna vers le jeune garçon qui la suivait. C'était Jeremy ! Il leva les yeux et se mit à rire :

— Qu'est-ce que tu en penses, Lucie ? Ma grand-mère hésite entre la jaune-orange et l'orange-jaune !

Lucie ne voyait guère la différence, mais Mme Dillon trancha d'un ton ferme :

31

— L'orange-jaune est plus seyant. Elle mettra en valeur votre joli teint mat.

— Eh bien, merci, déclara la dame en adressant un charmant sourire à Mme Dillon.

Lucie n'avait jamais vu une femme aussi jolie. Elle semblait beaucoup trop jeune pour être la mamie de Jeremy.

— C'est ta grand-mère ? demanda Jeremy, au même moment, en désignant Mme Dillon.

— Hein ? fit Lucie, prise de court. Heu… non, elle habite au-dessus de chez nous et nous donne des cours de danse.

— Elle était danseuse étoile au Bolchoï, ajouta Emma. Elle s'appelait Irina Baratskova.

— Le Bolchoï ! Ouaouh ! s'exclama Jeremy en regardant Mme Dillon. Ça se voit qu'elle a dansé sur scène, elle a belle allure !

Lucie se souvint du premier jour où elle avait vu Mme Dillon. Elle portait une jupe foncée trop large et un vieux cardigan qui pendouillait.

— Ta grand-mère est belle, aussi, dit-elle seulement. Elle était comédienne ?

— Elle l'est toujours, répondit Jeremy. Elle chante, et mon grand-père joue de la clarinette. Ils se sont rencontrés sur scène.

Lucie comprenait pourquoi il voulait suivre des cours de théâtre, et pourquoi il n'avait pas honte de faire de la danse. Elle aussi aurait bien aimé avoir une famille aussi originale. Puis Emma la poussa du coude. Lucie jeta un coup d'œil par-dessus son épaule : Angela et son grand-père admiraient des bijoux indiens sur un étal voisin. Lucie devina qu'elle l'avait vue parler avec Jeremy.

— Pourquoi vous ricanez toutes les deux ? demanda Jeremy. Vous avez l'air de deux chats devant un bol de crème !

— Oh, c'est rien ! répliqua légèrement Lucie.

— Rien du tout ! fit Emma en écho.

Pendant ce temps, les femmes s'étaient dirigées vers un étalage de légumes tropicaux, et la grand-mère de Jeremy leur expliquait comment les cuisiner.

— Vous devriez passer à la maison un jour, proposa-t-elle en souriant. Amenez les enfants, nous préparerons de la cuisine antillaise et jouerons de la musique.

Lucie et Emma se regardèrent d'un air complice. Elles étaient invitées dans la maison de Jeremy ! Angela en serait verte de jalousie.

— Comment vont mes Rats favoris ? lança soudain une voix grave.

Elles sursautèrent. C'était le grand-père d'Angela. Il leur adressa un grand sourire, tandis que, à ses côtés, Angela les ignorait. Lucie et Emma aimaient beaucoup ce gros homme chaleureux. Elles l'avaient rencontré lors du spectacle au Théâtre municipal. Il tenait le rôle du Marchand dans l'histoire de *Dick Whittington*. Lucie et Emma avaient interprété les Rats. Lucie l'avait surnommé M. Pince-sans-rire parce qu'il n'avait cessé de les taquiner. Aussi les Rats lui sourirent-ils en répondant que tout allait très bien.

— Vous connaissez ma petite-fille Angela ? continua-t-il.

Lucie et Emma acquiescèrent poliment sans dire un mot, et M. Pince-sans-rire eut l'air déçu.

— J'espère que vous viendrez toutes les deux à l'anniversaire d'Angela. Vous avez reçu les invitations ?

— Heu… non…, balbutia Lucie.

Angela semblait furieuse.

— Elles vont arriver, conclut son grand-père. La fête a lieu samedi prochain, notez-le dans votre agenda.

Ensuite, il se perdit dans la foule. Angela, le suivit, le nez en l'air.

— Tu crois qu'il plaisante ? demanda Emma en le regardant s'éloigner. Je suis sûre qu'Angela ne nous a pas invitées.

— Je crois plutôt que c'est Angela qu'il taquine ! répliqua Lucie. Tu sais comme il est !

— C'est quoi, cette histoire de rats ? s'informa Jeremy.

Elles lui racontèrent le spectacle.

— Vous irez à cette fête… si vous recevez une invitation ? reprit-il.

Emma commença à bredouiller :

— Eh bien… si…

Mais Lucie lui coupa la parole.

— Angela s'en moque, et même si elle nous payait, on n'irait pas à sa stupide fête !

— Ah ! Si seulement Angela *m'invitait*, ironisa Jeremy en roulant des yeux extasiés. J'irais sans hésiter !

Et il reçut deux bourrades.

5

Une très bonne nouvelle

— Les épaules en arrière, Emma. Relève le menton. Tu dois te sentir grande et fière. Une danseuse ne se quitte pas des yeux, affirma Mme Dillon en se redressant.

Emma l'imita.

— C'est mieux. N'as-tu pas davantage confiance en toi, ainsi ?

Emma soupira. On lui disait toujours d'être plus sûre d'elle ! Et elle faisait des efforts pour cela. « Les bras en première position… regarde tes mains… le bras gauche en seconde position… c'est bien. » Lucie lui avait expliqué comment faire avec les filles de l'école. « Le bras droit en seconde… Regarde ton bras gauche. » Mais elle n'y arrivait pas ! Et comme elle avait honte d'échouer, elle prétendait que ça allait mieux… « Regarde devant toi… les mains sur la taille… » Mais c'était faux… « Troisième position, le pied droit en avant… » Si seulement Angela l'invitait à sa fête ! « Plie les genoux… Demi-plié… Trois fois… » Si seulement, une seule fois, elle pouvait parler et rire comme les autres !

— Le pied gauche, Emma, la reprit Mme Dillon. Tu as la tête ailleurs !

Peut-être qu'en la connaissant mieux, les filles de l'école l'aimeraient… Lucie l'aimait, elle !… L'invitation avait-elle été postée ? Si c'était le cas, elle arriverait demain. Seulement voilà, Lucie avait dit qu'elle n'irait pas, même si elle était invitée… Et Emma savait qu'elle n'irait jamais sans Lucie !

— Bon, ça suffit, déclara Mme Dillon. Vous avez bien travaillé ! Maintenant, je vais voir si Charlie dort toujours. Jenny ne devrait pas tarder à rentrer.

Les danseuses firent la révérence et bondirent sur le lit d'Emma. Elles travaillaient dans sa chambre depuis que M. Browne avait fixé un grand miroir au mur. Il avait aussi installé un haut-parleur relié à la chambre de Charlie afin que Mme Dillon l'entende s'il se réveillait pendant le cours.

Il y avait beaucoup de bruit dans la cuisine des Browne car le père d'Emma était en train de la refaire.

— On devrait aller regarder une cassette chez toi, dit Emma. C'est comme ça tous les soirs, maintenant. J'aimerais bien que papa engage un ouvrier pendant que je suis à l'école, je serais moins dérangée.

— Il n'en trouve pas ? s'étonna Lucie en descendant l'escalier.

M. Browne occupait un poste important à la banque, il devait avoir les moyens de payer.

— C'est plutôt que ça l'amuse de bricoler, soupira Emma. Il répète tout le temps qu'il aurait préféré être menuisier plutôt que banquier.

— Pourquoi il ne l'est pas, alors ? s'exclama Lucie.

— Ma grand-mère n'a pas voulu. Elle répète qu'elle ne lui a pas payé des études dans une école privée pour qu'il devienne menuisier !

Lucie réfléchit. Emma allait également dans une école privée.

— Toi aussi, tu seras obligée de faire ce que veut ta grand-mère ? demanda-t-elle.

— Sans doute, répondit Emma, toute triste.

— Elle ne veut pas que tu deviennes danseuse ?

— Je ne pense pas. Je crois que je devrai travailler dans une banque, moi aussi.

— C'est affreux ! s'exclama Lucie.

Mme Browne avait acheté la cassette vidéo de *Petrouchka*. C'était l'histoire d'un jeune clown amoureux d'une ballerine, laquelle était elle-même amoureuse d'un homme orgueilleux et fier. La chorégraphie était jolie, mais la fin, horriblement triste. Le jeune clown mourait, et Emma se mit à pleurer de voir son héros si malheureux.

Mme Dillon prépara une tisane et Lucie apporta les biscuits. Le marteau de M. Browne résonnait toujours à l'étage au-dessus. Le bruit réveilla Charlie qui vint les retrouver en se frottant les yeux. Il grimpa sur le divan et s'assit sur les genoux d'Emma. Ils se firent un câlin, et tous deux furent consolés !

— J'ai une bonne nouvelle, déclara Mme Dillon, quand Charlie se rendormit. Pénélope Maple m'a demandé d'être la marraine de son école.

— C'est quoi, une marraine ? s'enquit Lucie.

— Eh bien…, commença Mme Dillon peu sûre d'elle, je pense qu'elle voudrait que je fasse partie du jury pour les examens et que je prépare les grandes qui passent le concours d'entrée à l'École royale de danse.

— Ouaouh ! s'écria Lucie. C'est super !

Elle se demanda si Mme Dillon superviserait leur examen à la fin du trimestre. Et si le fait de bien la connaître jouait en sa faveur ? Lui donnerait-elle une meilleure note qu'à Angela ?

— J'ai autre chose à vous annoncer et peut-être que ça ne vous plaira pas beaucoup, ajouta Mme Dillon.

Lucie lança un regard inquiet à la vieille dame.

Mme Dillon allait-elle être désormais trop occupée pour leur donner des cours particuliers ?

— J'ai pris un café ce matin avec Mme Sinclair.

Lucie et Emma ne connaissaient personne de ce nom.

— Elle m'a demandé si son petit-fils pouvait se joindre à nous pour les leçons… Mais sans doute ne tenez-vous pas à avoir un garçon avec vous ?

— Un garçon ? murmura Emma, sans enthousiasme. Comment s'appelle-t-il ?

— Jeremy, je crois, précisa Mme Dillon.

Les deux fillettes bondirent.

— Génial ! S'il vient ici, Angela va tomber raide quand elle l'apprendra ! s'écria Lucie d'une voix pointue.

— C'est toi qui vas tomber raide si tu réveilles Charlie ! gronda Mme Dillon. Alors, vous êtes d'accord ?

— Oui ! hurlèrent en chœur Lucie et Emma.

Mme Dillon enleva Charlie dans ses bras pour le remettre au lit, et laissa les filles jubiler sur le sofa.

6

Lucie se fâche !

*L'*invitation arriva le mercredi matin. *ANGELA donne une fête pour son anniversaire*, était-il écrit. Mais au bas du carton, M. Pince-sans-rire avait ajouté : *Venez, s'il vous plaît ! Ça ne serait pas pareil sans mes Rats !*

Emma descendit en courant l'escalier. Elle avait été invitée ! Peut-être finirait-elle par se faire des amies à l'école ?… Oui, mais si Lucie refusait d'y aller ?

— La fête d'Angela ! s'exclama Lucie quand Emma lui apprit la nouvelle.

Elle réfléchit un instant.

— Mmm… je crois qu'on devrait accepter… mais seulement pour faire plaisir à M. Pince-sans-rire !

— Oui ! jubila Emma. C'est bien ce que je pensais… Je veux dire… Il est *notre* ami, la fête a lieu chez *lui*, et il a dû tout organiser.

— Et puis, il précise que ce ne sera pas pareil sans nous. Oui, je crois que nous allons dire oui, déclara Lucie.

En fait, elle en avait encore plus envie qu'Emma ! Elle était curieuse de voir où Angela vivait. Elle savait que c'était dans une des grandes maisons, près du parc. Et puis, si elles n'y allaient pas, elles entendraient pendant des semaines les amies d'Angela répéter combien la fête avait été MAGNIFIQUE !

Emma partit à l'école, le cœur en fête… Elle revint en larmes.

— Angela a été vraiment horrible avec moi quand je l'ai remerciée pour l'invitation, sanglota-t-elle en entrant dans la chambre de Lucie. Elle s'est tournée vers ses amies et leur a dit que c'était son grand-père qui m'avait invitée… (*elle renifla*) … et qu'à ma place, elle refuserait de venir à une fête où elle n'avait pas été invitée par celle qui célébrait son anniversaire… (*elle sanglota*) … et toutes les filles m'ont regardée comme si j'étais une voleuse.

Lucie la consola, et Charlie qui détestait voir quelqu'un pleurer lui fit plein de baisers humides sur la figure.

— Cette fille est une peste ! déclara Lucie. Attends un peu que je la voie au cours de danse !

— Je ne crois pas que je vais y aller ce soir, gémit Emma en se mouchant bruyamment. Je vais dire à maman que j'ai mal à la tête… D'ailleurs, c'est vrai !

Lucie n'essaya pas de la faire changer d'avis. Il valait mieux qu'Emma soit absente. Elle détestait les disputes.

Lucie entra en trombe dans les vestiaires, fonça sur Angela, et explosa :

— Toi, espèce de PEAU DE VACHE !… Même pas ! car les vaches sont plus gentilles ! Tu es plutôt comme un buffle enragé ! Tu t'attaques à Emma parce que tu sais qu'elle est timide et qu'elle ne se défendra pas !

Un silence de mort s'ensuivit. Les plus jeunes filèrent se réfugier dans les jupes de leur mère, et observèrent Lucie bouche bée. Angela rougit de colère et ses amies regardèrent Lucie, horrifiées.

Mais Lucie n'en avait pas terminé :

— … Et si tu crois qu'Emma et moi, on ira à ta stupide fête, tu te trompes ! cria Lucie en brandissant les invitations.

Elle les déchira en menus morceaux et les jeta au visage d'Angela.

Après quoi, elle tourna les talons. Le couloir était si silencieux qu'elle entendait son cœur battre à grands coups. Elle se dirigea vers le studio, et trouva Jeremy en train de pianoter. Il la dévisagea et lança, étonné :

— Hé ! Qu'est-ce qui t'arrive ?

— Ne pose pas de questions et continue à jouer sans te retourner ! aboyat-elle. Il faut que je me change ici !

Tout alla de travers. À vouloir se dépêcher, elle enfila son justaucorps à l'envers. L'entendant pousser des cris rageurs, Jeremy lança :

— Tu veux un coup de main ?

— Non ! Et surtout, ne te retourne pas !

Elle se retrouva à nouveau en petite culotte, affolée à l'idée que les autres pouvaient surgir d'une seconde à l'autre et la prendre pour une FOLLE !

Enfin, elle fut prête.

— Tu peux regarder, maintenant ! annonça-t-elle plus calmement.

Jeremy la toisa des pieds à la tête.

— Hum… Je ne crois pas que Mme Dennison appréciera ta coiffure.

Lucie se fâche !

Lucie porta la main à ses cheveux qu'elle avait complètement oubliés. D'habitude, Emma l'aidait à se coiffer et réciproquement. Lucie essaya de nouer sa queue de cheval, mais elle était si énervée qu'une mèche de cheveux s'échappait toujours.

— Viens là, je vais le faire, proposa tranquillement Jeremy, en voyant qu'elle était au bord des larmes.

Il l'assit sur le tabouret du piano, ramena les cheveux en arrière, et attacha le petit chignon avec la barrette bleue. Il avait à peine fini que la porte s'ouvrit sur Angela et les autres…

— C'était super ! confia Lucie à Emma, de retour à la maison. Tu aurais dû voir la tête d'Angela ! Et tu sais quoi ? Je pense qu'elle a été encore plus furieuse quand elle vu Jeremy me coiffer !

Mais elle ne raconta pas à Emma ce qu'elle avait confié à Jeremy sur le chemin du retour. Il avait insisté pour savoir ce qui s'était passé. Lucie avait sauté sur l'occasion pour lui dire *qui* était vraiment Angela. Elle lui avait raconté toute l'histoire, y compris les larmes d'Emma… Et maintenant, elle se sentait un peu coupable.

Lucie n'était pas censée répéter à tout le monde les confidences d'Emma…

7

Deux lettres d'Angela

Le vendredi matin, Emma reçut une lettre :

« Chère Emma, je t'en prie, viens à ma fête d'anniversaire. Je voudrais vraiment que tu viennes. Je suis désolée d'avoir été désagréable avec toi. S'il te plaît, arrange-toi pour que Lucie vienne aussi.

Angela. »

Emma n'en crut pas ses yeux. Elle se précipita au rez-de-chaussée et buta sur Lucie qui montait pour lui lire à haute voix la lettre qu'elle tenait à la main :

« Chère Lucie, je t'en prie, viens à ma fête d'anniversaire. Je voudrais vraiment que tu viennes. Je suis désolée d'avoir été désagréable. S'il te plaît, arrange-toi pour qu'Emma vienne aussi.

Angela. »

— C'est sûrement son grand-père qui lui a demandé d'écrire ça ! s'exclama Lucie.

— Je crois que tu as raison, soupira-t-elle. Tu penses qu'on devrait y aller ?

— Attends de voir comment elle te traite à l'école aujourd'hui, décida sagement Lucie.

Quand Emma rentra à la maison, Lucie l'attendait :

— Elle a été gentille avec toi ? interrogea-t-elle.

— Eh bien… oui, affirma Emma. Seulement… elle l'était un *peu trop*… On aurait dit qu'elle jouait la comédie.

— Bien sûr ! rétorqua Lucie. Son grand-père a dû la menacer d'annuler la fête si on ne venait pas !

— Pourquoi il aurait agi comme ça ? Il veut sûrement lui faire plaisir !

— Tu as raison…, approuva Lucie, songeuse. C'est bizarre… Peut-être qu'il l'a taquinée, elle aussi ? Peut-être qu'il lui a fait croire qu'il allait annuler la fête alors qu'il n'en avait pas l'intention ?

— C'était quand même *mieux* à l'école, soupira Emma. Les amies d'Angela ont été plus sympa. Elles m'ont même proposé de m'asseoir à leur table à la cantine.

Elle se souvint aussi combien elle s'était sentie mal à l'aise avec leur prétendue amabilité et leurs sourires en coin. Pourtant, elle trouvait cela plus agréable que d'être ignorée.

Jenny Lambert était partie à ses cours du soir quand Mme Dillon descendit donner aux filles leur cours de danse.

Emma et Lucie travaillaient dur pour être au niveau et passer leur premier examen à la fin de l'année. Chaque semaine, Mme Dennison inscrivait sur un carnet les exercices qu'elles devraient effectuer, et Mme Dillon suivait le programme scrupuleusement.

Et maintenant, Jeremy allait les re-joindre.

— Je vous préviens, les avertit Mme Dillon, il n'est pas question de rigoler ou de frimer parce que ce gar-çon vient travailler avec nous !

Lucie et Emma en furent choquées.

— Rigoler ? Frimer ? Bien sûr que non ! dirent-elles en chœur.

Et en riant !

— Riez, riez avant qu'il n'arrive ! gronda Mme Dillon. Parce que après, j'exige de la discipline.

Quand Jeremy fut là, Mme Dillon prit un air si sévère qu'il resta silencieux et intimidé. Lucie et Emma remarquèrent qu'il traitait la vieille dame avec un grand respect, et qu'il l'écoutait atten-tivement quand elle corrigeait ses mouvements. Alors, à leur tour, les deux filles travaillèrent plus sérieusement. C'était un peu plus dur.

La leçon tirait à sa fin, lorsqu'elles entendirent Charlie taper sur son petit lit et appeler : « Lucie… ! Lucie… ! Couche-Culotte veut te voir ! »

Cette fois, il leur fut impossible de ne pas glousser. Même Mme Dillon sourit à son tour :

— Bien, faites la révérence, et allons voir ce que veut ce jeune homme !

Quand Jeremy s'inclina, Lucie s'imagina aussitôt à ses côtés, sur la scène de l'Opéra. Un jour viendrait où il la prendrait par la main devant les spectateurs pour montrer que c'était elle la danseuse étoile ! Les spectateurs scanderaient alors : « Lucie… Lucie ! »

Jeremy agita une main devant les yeux de la future danseuse étoile, et la vision disparut. Lucie se retrouva dans la chambre d'Emma, tandis que Charlie continuait à brailler.

Ils ne regardèrent pas la télé, ce soir-là. Jeremy resta et, tout en buvant son lait, il interrogea Mme Dillon sur l'époque où elle dansait au Bolchoï. Assises côte à côte sur le sofa, Lucie et Emma les écoutaient pendant que Charlie gigotait sur leurs genoux. Quand il s'endormit, Mme Dillon le remit dans son lit, et les deux filles raccompagnèrent Jeremy sur le perron. La nuit était claire, sans vent et étoilée.

Jeremy descendit son vélo au bas des marches et demanda :

— Vous irez à la fête d'Angela ?

— Nous n'avons rien décidé, répondit Lucie. Peut-être que oui, peut-être que non.

— Eh bien, prévenez-moi quand vous le saurez, parce que Angela m'a invité, moi aussi, déclara-t-il, avant d'enfourcher son vélo et de disparaître dans la nuit.

8

Les garçons sont vraiment nuls !

Les filles de l'école ne parlaient que de « ça ». Quelqu'un connaissait *quelqu'un* qui avait vu Jeremy sortir de la maison d'Angela mercredi dernier !

— Angela est sa petite amie, déclara Mélanie. Pourtant elle est vraiment snobinarde et détestable !

— Oui, mais si tu es jolie et que tu as plein d'argent, tu n'as même plus besoin d'être gentille ! persifla Tracey.

Lucie ne disait rien, elle était beaucoup trop en colère. Le soir même où elle avait confié à Jeremy comment Angela traitait Emma, il était allé la voir… ? Chez elle… ? Et il irait même à sa fête ?

— Plein d'argent *plus* une maison super-chic ! souligna Liza.

Les garçons étaient vraiment nuls !

En rentrant chez lui à vélo, Jeremy passa devant une bande de garçons. Ils avaient l'air de se moquer de lui, mais Jeremy les ignora. Il s'arrêta au coin de la rue pour attendre Lucie. Elle arriva enfin.

— Salut, lança-t-il.

Lucie lui jeta un regard glacial puis continua sa route. Jeremy la suivit et roula à ses côtés.

— Tu viens chez nous, ce soir ? continua-t-il… Pour le dîner, avec les autres…

La grand-mère de Jeremy avait promis de leur faire de la cuisine antillaise. Lucie l'avait presque oublié.

— Je ne sais pas… j'ai mal à la tête, rétorqua-t-elle.

Puis elle tourna les talons et gravit les marches du perron sans l'inviter à la suivre.

Mais bien sûr, elle alla au dîner ! D'abord, parce qu'elle était curieuse de voir la maison, ensuite parce qu'elle espérait faire enrager Angela quand cette dernière l'apprendrait.

Le grand-père de Jeremy était très gentil. Il avait de longs cheveux gris rassemblés en queue de cheval, un accent écossais, et des taches de rousseur. Jeremy ne lui ressemblait pas, sauf que tous deux étaient grands et minces.

Leur maison était chaleureuse, pleine de musique et de couleurs. La nourriture était étrange, mais délicieuse. Tout le monde avait été invité : les Browne, les Lambert, Mme Dillon, et même Charlie était là. Cela promettait d'être une soirée fantastique… sauf pour Lucie.

Jeremy lui demanda comment allait sa migraine… et put constater qu'elle n'était pas de meilleure humeur.

— Migraine ? s'exclama Jenny. Je ne savais pas que tu avais mal à la tête, Lucie. Tu aurais dû me le dire.

Tout le monde se mit à parler autour d'elle. « Il a dit ça pour m'embêter, pensa Lucie, furieuse, juste pour m'humilier ! »

Elle fusilla Jeremy des yeux, aussi s'éloigna-t-il pour discuter avec Emma. Toute la soirée, Lucie enragea de les voir chuchoter. Emma était censée être son amie! Il est vrai que quand elle vint demander à Lucie si elle allait mieux, celle-ci se contenta de répondre:

— Ça va. Je n'ai pas envie de parler, c'est tout.

— Je pense que tu as attrapé la grippe, dit gentiment Emma. Tu as mal à la tête et tu as mauvaise mine!

— Merci beaucoup! pesta Lucie.

Non seulement, tout le monde l'ignorait, mais en plus, elle avait une tête affreuse!

— Retourne donc bavarder avec Jeremy, grommela-t-elle.

Ce que fit Emma.

Après le dîner, John, le grand-père de Jeremy, se mit au piano, car sa grand-mère, Oriane, accepta de chanter.

Sa voix était profonde et grave, mais elle pouvait aussi devenir haute et claire. Mme Dillon proposa de chanter une ballade russe. C'était un chant lent, mélodieux, plutôt poignant. Pour finir, John interpréta quelque chose de beaucoup plus joyeux sur sa clarinette.

Jeremy et Emma découvrirent alors qu'ils connaissaient le morceau, et ils firent un quatre-mains au piano. Ce n'était pas parfait, mais ils eurent droit à un tonnerre d'applaudissements. Charlie se mit de la partie, tapant maladroitement sur le clavier. Il fut remercié par une tonne de baisers.

Lucie se sentit très seule, complètement abandonnée. Bien sûr, les autres lui adressaient un sourire de temps en temps : ils pensaient qu'elle supportait avec courage ce mal de tête qui l'empêchait de s'amuser. Mais elle fut contente quand l'heure de rentrer à la maison arriva.

Emma vint lui dire bonsoir.

— De quoi vous avez parlé toute la soirée, Jeremy et toi ? demanda Lucie.

— De sa mère, répondit Emma.

— Où est-elle ?

— En Allemagne, expliqua Emma. Elle chante dans une troupe, et voyage beaucoup pour sa carrière. Mais Jeremy n'en souffre pas, parce qu'il a toujours vécu chez son grand-père et sa grand-mère.

Lucie ne supporta pas qu'Emma sache des choses qu'elle ignorait, elle !

— Eh bien, c'est parfait dans ce cas, déclara-t-elle.

Elle semblait tellement grognon qu'Emma la regarda avec inquiétude :

— J'espère que tu n'as pas attrapé la grippe, sinon nous allons manquer la fête chez Angela.

— Tu pourras y aller avec Jeremy, lança Lucie, sèchement.

Emma lui jeta un regard indigné :

— Ça non ! Je n'irai pas sans toi !

Lucie se sentit un peu mieux.

9

Lucie la magicienne

— Angela vit-elle chez son grand-père ? demanda Mme Browne, en conduisant Lucie et Emma à la fête d'anniversaire.

— Oui, répondit Emma. Sa grand-mère est morte il y a quelques années, et la mère d'Angela est venue s'installer dans la maison.

— Et où est son père ?

— Il les a quittées quand Angela était encore très petite, révéla Emma.

— Oh ! C'est triste ! s'exclama Mme Browne.

Et voilà ! Maintenant, Emma connaissait plein de détails sur Angela que Lucie ignorait. C'était vraiment désespérant…

— Ce doit être ici, dit Mme Browne. Quelle maison ravissante !

Elle s'arrêta devant un élégant perron et les filles sautèrent de la voiture.

— Amusez-vous bien ! lança-t-elle avant de repartir.

— Ça m'étonnerait ! grommela Lucie qui n'avait pas envie de voir Angela parader et faire l'intéressante.

À l'inverse, Emma voyait tout en rose :

— Oh, Lucie ! Je suis sûre que ça va être super !

La porte d'entrée était grande ouverte et elles entendaient des éclats de rire.

Une jeune femme les accueillit et prit leur manteau. Le bruit venait du fond de la maison où un trampoline avait été installé. Il n'était pas très grand. Les amies d'Angela la regardaient sauter et rebondir. Avec elle, se trouvaient Jeremy et *trois autres garçons de l'école de Lucie* ! Lucie en fut indignée. Quel culot !

Angela avait l'air très contente. Ses joues étaient rouges et ses cheveux blonds virevoltaient. Elle bondit près de Jeremy, qui en parut ravi. Les amies d'Angela accueillirent Emma d'un ton mielleux, mais elles ignorèrent Lucie.

« Cela va être abominable, pensa Lucie. Peut-être devrais-je rentrer à la maison pendant que personne ne me voit ? »

73

Elle sentit alors une main se poser sur son épaule, se retourna et vit le grand-père d'Angela. Il lui fit signe de la suivre dans la bibliothèque.

— J'ai besoin de l'aide de mon Rat favori, déclara-t-il. Je vais faire quelques tours de magie après le goûter, Angela devait me prêter son concours, mais maintenant, elle ne le veut plus. Elle préfère rester avec son nouvel ami… Alors, je dois prendre une autre assistante.

— Oh! magnifique! Qu'est-ce que j'aurai à faire? s'écria Lucie, enthousiaste.

— Tu vas me seconder, expliqua M. Pince-sans-rire. Par exemple, t'occuper du lapin que je sortirai du chapeau… et à la fin, c'est toi que je ferai disparaître.

— Disparaître ? s'exclama Lucie.

Le grand-père d'Angela éclata de rire :

— Croix de bois, croix de fer, si je mens, je vais en enfer ! J'ai loué un vrai coffre de magicien !

— Génial ! jubila-t-elle… Avec un costume, aussi ?

— … Choisi par Angela, il t'ira très bien aussi. Moi, je porterai une houppelande et un turban et toi, tu…

— Des voiles et tout ? l'interrompit-elle, excitée.

Une jeune femme grande et mince surgit, et Lucie comprit tout de suite que c'était la mère d'Angela.

— Elle accepte ? demanda-t-elle.

— Oh oui ! confirma Lucie. J'adore la magie !

— C'est gentil, dit la jeune femme, sans grand enthousiasme. Maria te conduira dans ma chambre après le goûter, et je t'aiderai à t'habiller.

Puis, avec un sourire poli, elle s'esquiva.

— Nous devrions répéter, proposa M. Pince-sans-rire. Ça t'ennuie beaucoup de ne pas faire de trampoline, Lucie ?

— Oh non ! Je trouve que c'est un truc de gamins.

Ils exécutèrent tous les tours, y compris la disparition de Lucie dans le merveilleux coffre magique. Le lapin était faux, mais on pouvait lui faire remuer les oreilles, et Lucie décida qu'elle serait désormais et pour toujours la meilleure assistante.

Le goûter était somptueux, et Emma vint s'asseoir près d'elle.

— Où tu étais passée ? Je t'ai cherchée partout, et je ne t'ai vue nulle part !

— C'est un secret, souffla Lucie. Tu le découvriras tout à l'heure.

Lucie se sentit un peu coupable, mais après tout Emma l'avait laissée tomber pour aller retrouver ses amies de l'école. Après le goûter, les enfants regardèrent des dessins animés sur un immense écran. Maria, la jeune femme qui avait pris leur manteau, conduisit Lucie dans une chambre luxueuse où l'attendait la mère d'Angela. Le costume était fabuleux : un large pantalon, des petites mules brodées et ornées de perles brillantes. Il y avait aussi un diadème en verroterie et un voile qui ne laissait voir que ses yeux. Un véritable costume de princesse des Mille et Une Nuits ! La mère d'Angela la maquilla très légèrement.

Dans son livre de danse, Lucie avait vu des images représentant une danseuse dans un costume semblable à celui-ci !

— C'est parfait ! s'exclama le grand-père d'Angela quand il la vit.

— Vous aussi, vous êtes beau ! répliqua Lucie en admirant sa robe de magicien et son turban surmonté d'un énorme bijou.

La séance de magie se déroula dans une grande pièce éclairée par des ampoules de couleur. Les spectateurs s'assirent sur l'épais tapis. Une musique orientale s'éleva et Lucie fit son apparition dans un nuage de fumée quand le magicien frappa des mains. Tout le monde sursauta, alors Lucie se mit à onduler et improvisa quelques pas de danse qui furent accueillis par un tonnerre d'applaudissements.

— Et me voilà à nouveau au second plan ! pesta le magicien, mais Lucie vit qu'il riait.

Plus tard, elle se montra encore plus inventive. Elle allait et venait d'un accessoire à l'autre, tournait autour du chapeau. Elle s'arrangea même pour que les longues oreilles du lapin s'agitent frénétiquement. Le tour du coffre magique remporta un grand succès quand Lucie disparut et réapparut dans des nuages de fumée multicolores.

À la fin du spectacle, les applaudissements furent assourdissants. Le magicien releva alors le voile qui cachait le visage de Lucie et chacun vit qui elle était !

Jeremy se mit à applaudir encore plus fort ; le visage d'Angela, assise à côté de lui, s'assombrit.

« Bien fait pour elle ! pensa Lucie. Elle n'avait qu'à pas laisser tomber son grand-père ! »

Après les tours de magie, les invités dansèrent. Lucie aurait bien aimé garder le costume mais il était un peu fragile. Toutefois, même en tenue de ville, Lucie resta le centre d'attraction. Tandis que Jeremy dansait avec Angela, les autres garçons ne la lâchèrent pas. Ils voulaient connaître le secret des tours de magie, mais Lucie avait promis de ne rien dire.

La fête s'acheva par un feu d'artifice. Chaque coup tiré éclairait Jeremy qui ne quittait pas Angela.

« Ça m'est bien égal, se répéta Lucie. Et puis… S'il veut être l'ami d'Angela, c'est qu'il est stupide ! »

10

Vrais amis !

Le jour suivant, un dimanche, promettait d'être horriblement ennuyeux. Emma était allée voir sa grand-mère avec ses parents. Jenny était plongée dans ses devoirs. Charlie faisait la sieste. Lucie, elle, commençait à désespérer quand on frappa à la porte.

— Tu ouvres, Lucie ? demanda sa mère.

C'était Jeremy.

— Angela t'a donné le droit de sortir ? lâcha sèchement Lucie en le dévisageant.

— Arrête, Lucie, répondit Jeremy. Tu ne veux pas te promener dans le parc ?

Lucie en avait envie, mais elle était aussi très en colère contre lui. Elle hésita une minute, puis elle cria à sa mère :

— Je vais dans le parc avec Jeremy, maman !

— Soyez de retour pour quatre heures, répliqua Jenny.

Tout en marchant, Jeremy reprit :

— Les tours de magie étaient super ! J'aime vraiment beaucoup le grand-père d'Angela.

— Moi aussi, dit Lucie.

— Tu as été géniale ! ajouta Jeremy.

— Tu veux dire, avec un voile sur le visage ?

Jeremy éclata de rire :

— Avec ou sans !

Le parc était désert, et il faisait froid. Lucie s'assit sur le tourniquet pendant que Jeremy le faisait tourner.

— L'autre jour, après ce que tu m'as raconté sur Emma, j'ai proposé un marché à Angela, avoua Jeremy.

Lucie resta muette.

— … Je lui ai dit que j'irais à sa fête seulement si toi et Emma y venaient…, continua-t-il.

Lucie garda le silence.

— … Et que si elle était gentille avec Emma, j'amènerais trois autres garçons avec moi, conclut Jeremy.

— Tu t'es vendu, conclut froidement Lucie.

— Eh bien… en quelque sorte, oui ! lança Jeremy gaiement. Car, en échange, elle m'a fait promettre de rester tout le temps auprès d'elle.

— Tu es nul, grommela Lucie.

— Mais ça a marché, souligna Jeremy. C'était beaucoup mieux que de se fâcher avec elle comme tu l'as fait. Emma s'est bien amusée, et cela a permis aux autres de mieux la connaître.

— Ça ne durera pas, déclara Lucie.

— Peut-être… ou peut-être pas.

— Il y a aussi autre chose que je ne t'ai pas raconté, glissa Jeremy sur le chemin du retour.

Lucie n'était pas sûre de vouloir l'entendre.

— Je ne l'ai pas fait seulement pour Emma, continua-t-il. Je l'ai aussi fait pour moi… Tout le monde sait qu'Angela donne des fêtes géniales. Les autres garçons voulaient y aller. Ils la trouvent super, et j'étais le seul à pouvoir les faire inviter… et comme j'ai été le seul à qui elle a parlé toute la soirée, à présent, ils me voient d'un autre œil !

— Tu es une bave de crapaud ! s'esclaffa Lucie.

— Mais j'ai eu raison ! lâcha-t-il en riant à son tour. Un garçon qui fait de la danse est obligé de lutter pour avoir des copains !

— Tu veux dire que tu dois être ami avec la fille la plus populaire ? s'exclama Lucie.

— Ça aide.

Il y eut un long silence.

Vrais amis !

— Alors, pourquoi es-tu ici ? demanda Lucie. Tu serais mieux avec Angela !

— Eh bien, avoua Jeremy, c'est à cause de ta danse magique. Les autres pensent que tu es la meilleure, alors maintenant…

À cet instant, il esquiva une bourrade amicale de Lucie. Elle le coursa jusqu'à la maison.

Mais Lucie ne lui avait pas tout à fait pardonné. Il n'aurait pas dû agir ainsi sans qu'elle le sache. Elle aurait aimé en parler avec Emma, mais elle ne pouvait pas tout lui raconter.

Aussi, quand elle fut au lit, elle se confia à sa mère.

— C'était plutôt gentil de vouloir aider Emma, constata Jenny.

— Il l'a aussi fait pour lui !

— Nous faisons tous quelque chose pour nous, expliqua sa mère.

— Mais Emma est *mon* amie !

— Elle est aussi la sienne.

Il y eut un long silence. Puis Jenny reprit :

— Tu sais, Lucie, il est normal qu'Emma ait d'autres amies. Ce n'est pas pour autant qu'elle t'aimera moins.

— Mais, maman, les autres ne sont pas vraiment les amies d'Emma ! protesta Lucie. Elles font juste semblant de l'être parce que Angela le leur a demandé ! Ce n'est pas comme moi !

— Et tu crois qu'Emma ne sait pas faire la différence entre les vrais et les faux amis ?

Lucie se mit à réfléchir. Elle savait combien Emma voulait avoir des amies à son école. Le voudrait-elle au point de devenir une idiote… ? Et si elle se rapprochait d'Angela ? Lucie soupira.

— Tu devrais avoir confiance en Emma… conseilla doucement sa mère, comme si elle avait lu dans ses pensées. Je crois que tu resteras toujours sa meilleure amie.

Elle serra tendrement Lucie dans ses bras, l'embrassa en lui souhaitant bonne nuit, et quand Lucie se glissa sous l'édredon, sa mère s'arrêta devant la porte.

— … Et ce garçon n'est pas stupide, ajouta-t-elle. Je suis sûre qu'il sait, lui aussi, qui sont ses vraies amies.

Puis Jenny éteignit la lumière et s'éloigna.

Allongée dans le noir, Lucie réfléchissait encore. Jeremy n'avait-il pas dit qu'il voudrait devenir footballeur ? Lucie devait coûte que coûte rester son amie ! C'était un si bon danseur… Et le ballet avait besoin de garçons !

Lucie, soulagée, s'endormit paisiblement.

Tu as aimé
Une ennemie pour Lucie,
alors retrouve vite les héros de

Ballerine

avec cet extrait de :
Faux pas

Lucie s'éveilla en pleine nuit. Dans la maison silencieuse, sa chambre était plongée dans l'obscurité. Elle alluma la lampe de chevet : son réveil marquait trois heures et demie.

Elle pensa au concours de danse. Pourvu qu'elle réussisse son pas de chat !

« Si j'éprouvais plus d'amitié pour Angela, j'aurais moins envie de la battre… » Angela avait gagné deux ans de suite. C'était cela qui la rendait si forte. M. Pince-sans-rire lui avait confié que sa petite-fille avait besoin de quelqu'un qui lui résiste.

Peut-être souhaitait-il au fond que Lucie gagne la compétition.

Le pas de chat n'était qu'une question de relaxation : ses muscles devaient être souples afin que le mouvement s'effectue gracieusement…

S'entraîner une dernière fois la rassurerait avant de se rendormir. Lucie voyait suffisamment clair grâce à la lampe de chevet, et ses pieds nus sur le tapis ne feraient aucun bruit.

De gauche à droite… Ça y était ! Elle l'avait bien fait ! Pendant un moment tout son corps ne fut que douceur, grâce, et la danse fut parfaite. Elle ressentit le plaisir d'une danseuse professionnelle.

Et maintenant de droite à gauche… Lucie bougeait comme dans un rêve… lorsque, soudain, elle buta contre l'ours de Charlie dont une patte dépassait de sous le lit. Elle perdit l'équilibre, se tordit la cheville et s'écroula de tout son long par terre…

Dans la même collection

Des livres plein les poches, POCKET *jeunesse* des histoires plein la tête

Composition : Francisco *Compo*
61290 Longny-au-Perche

Imprimé en France sur Presse Offset par

BRODARD & TAUPIN

GROUPE CPI

La Flèche (Sarthe), le 29-11-2001
N° d'impression : 10315

Dépôt légal : janvier 2002

12, avenue d'Italie • 75627 PARIS Cedex 13

Tél. : 01.44.16.05.00